Günther Richter

Wahre Begebenheiten mit Schiffen, Seeleuten, Landratten und Meer mehr

Copyright: © 2019: Günther Richter
Lektorat: Erik Kinting – www.buchlektorat.net
Umschlag & Satz: Erik Kinting

Verlag und Druck:
tredition GmbH
Halenreie 40-44
22359 Hamburg

978-3-7482-6973-1 (Paperback)
978-3-7482-8507-6 (Hardcover)
978-3-7482-8508-3 (e-Book)

Bibliografische Information der Deutschen Nationalbibliothek:
Die Deutsche Nationalbibliothek verzeichnet diese Publikation in der Deutschen Nationalbibliografie; detaillierte bibliografische Daten sind im Internet über http://dnb.d-nb.de abrufbar.

Der 1. April 1957 war für mich der Beginn eines neuen Lebensabschnitts. Ich hatte mich bei der HORN-LINIE in Hamburg als Sachbearbeiter in der Heuerabteilung beworben und wurde angenommen.

Am frühen Morgen fuhr ich nun mit der Straßenbahn Linie 1 bis zum Bahnhof »Baumwall« und sprang aus der noch langsamen fahrenden Bahn ab, in der Hand meine braune Aktentasche, von der später noch die Rede sein wird, Ein wenig müde war ich schon, denn meine Tochter war vor 14 Tagen geboren worden und hatte bereits das Kommando übernommen.

Von den gegenüber liegenden Werften auf der anderen Elbseite drang der Lärm von Niet-Hämmern und kreischenden Sägen herüber, gemischt mit den dumpfen Typhontönen der Schlepper, die ihre Arbeit im Hamburger Hafen versahen.

An diesem Tag rückten übrigens 10.000 Wehrpflichtige in die Bundeswehrkasernen ein.

Staunend und ehrfürchtig stand ich nun vor dem SLOMANHAUS, vor der riesigen hölzernen Eingangstür und noch mehr vor dem Mann, der in schmucker Kapitänsuniform vor der Tür stand und ein maritimes Flair verbreitete, das gut zu den Mauern des Hauses passte, in dem überwiegend Firmen ihre Büros unterhielten, die etwas mit der christlichen Seefahrt zu tun hatten.

Ich betrat das Haus über eine breite Treppe aus Marmor und stand jetzt vor einer Tür mit der Aufschrift

HORN-LINIE
– Inspektion –
– Passagen –

Noch immer zögernd öffnete ich die Tür und trat ein.

In einem größeren Raum, durch Glas getrennt vom Eingangsbereich, saßen drei Herren, eine junge Dame, die, wie ich später erfahren habe, auch erst seit heute als Sekretärin eingestellt war und ein junger Mann.

Man winkte mir freundlich zu und ich grüßte.

Links am Fenster ein Mann mit ernsthaft blickendem Ausdruck war der Inspektor B. ein ehemaliger Kapitän, der schon als jüngster Kapitän der Flotte mit 28 Jahren vor dem zweiten Weltkrieg bei der damaligen Reederei H.C. HORN gefahren war.

Er war für den gesamten Decksbereich Schifffahrt, Personal, Einkauf etc. zuständig. Ihm gegenüber saß ein etwas fülliger Mann im grauen Anzug mit einem freundlichen Gesichtsausdruck, Herr S., der ebenfalls Inspektor für den Gesamtbereich Maschine, Personal, Einkauf etc. war.

Mit seinem Konsum an Zigaretten hielt er dieTabakindustrie ständig am expandieren.

Weiter wurde der Arbeitsraum von der Sekretärin Fräulein L und dem »Assi« der Inspektoren, Herrn H. genutzt.

Aus einem weiteren Raum kam nun ein recht flotter, älterer Herr mit roter Weste auf mich zu und stellte sich als Leiter der Heuerabteilung und der Passage Abteilung vor. Mit Herrn F. sollte ich das Neuland »Heuerabrechnung« bewältigen.

Ihm zur Seite stand noch ein etwas älteres Fräulein B. das großen Wert auf die Anrede »Fräulein« legte und allergisch auf alles was nach Rauch roch negativ reagierte.

Ich wurde somit innerhalb kurzer Frist zum Nichtraucher.

Die Heuer und die Besatzung

Unter dem Begriff **Heuer** versteht man den Lohn eines Seemanns.

Ein sogenannter **Heuervertrag** wird zwischen der Reederei oder auch zwischen dem Kapitän eines Schiffs und dem Besatzungsmitglied geschlossen.

Um den verehrten Lesern dieser kleinen Broschüre eine kleine Einführung zum Begriff der **Heuer** zu geben, möchte ich zeigen, welchen Umfang dieser Begriff aufweist.

Die Zahlen, die ich jetzt nenne, beziehen sich auf ein 3-Wachen Schiff in der Großen Fahrt im Gegensatz zu einem 2–Wachen-Schiff in der kleinen bzw. mittleren Fahrt 1957:

Kapitän erhält Gehalt 1. Offizier und 1.(Ltd.) Ingenieur, Festheuer weitere Offiziere, Ingenieure, Funkoffizier, Elektriker erhalten Grundheuer und Überstunden-Pauschale, ebenso Ingenieur-und Elektriker-Assistenten.

Besatzungsmitglieder an Deck, (Bootsmann, Zimmermann, Matrosen, Leichtmatrosen, Jungmänner und Decksjungen, Deckshelfer) erhalten Grundheuer und Einzelüberstunden bezahlt, Besatzungsmitglieder Maschine (Lagerhalter, Schmierer, Reiniger) ebenfalls Grundheuer und Einzelüberstunden)

Koch und Kochsmaaten Grundheuer und Einzelüberstunden, Besatzungsmitglieder Bedienung 1. Steward, 2. Steward, Aufwäscher, Messejungen in der Offiziers- und Mannschaftsmesse ebenfalls Grundheuer und Einzelüberstunden.

Die geleisteten Überstunden wurden lt. Arbeitszeitnachweise nach Arbeitszeit mit 25%, 40% und 65% Zuschlag abgerechnet.

Hinzu kamen noch folgende Leistungen, die von den jeweiligen Reedereien in verschiedenen Arten und Höhen auf freiwilliger Basis vorgesehen waren:

Hier die Beträge, die von der **HORN-LINIE** 1957 zusätzlich zur Heuer gezahlt wurden:

Treuegeld für langjährig tätige Kapitäne, Offiziere, Ingenieure und Funkoffiziere)

Familiengeld für verheiratete Seeleute Wäschegeld an Koch und Stewards Schmutzgeld (tariflich) für Arbeiten in den Bilgen und Kesseln-Passagierzulage, wenn Passagiere an Bord waren Uniformgeld (weil das Tragen von Uniformteilen von der Reederei gefordert wurde.)

Kompetenzgeld für die Bewirtung von Abfertigungsbehörden, Verwaltungszulage an Funkoffiziere, die Verwaltungsarbeiten übernommen hatten Ein Arzt wurde auf allen Schiffen der **HORN-LINIE** nicht gefahren, weil für die Schiffe, die nur 12 Passagiere befördern konnten, keine Pflicht bestand, einen Arzt zu fahren. Bei den Schiffen die vor dem zweiten Weltkrieg bis zu 40 Passagiere beförderten, war es Pflicht, einem Arzt die Möglichkeit einer schönen Schiffsreise zu geben, auf der er sich dann der Besatzung und vor allem auch den weiblichen Gästen widmen konnte.

Als monatliche Aufwendung erhielt er 5,00 Mark und eine weiße Mütze mit dem **HORN-LINIE** Emblem.

Aus den vorstehend genannten Aufzählungen der verschiedenen Dienstgrade ist zu ersehen, mitwelcher Besatzungsstärke ein Schiff in der Großen Fahrt 1957 je nach Größe des Schiffs nach der Schiffsbesetzungsverordnung gefahren werden musste, um die Sicherheit eines Schiffs zu gewährleisten, Unter der Flagge der **HORN-LINIE** fuhren im Jahr 1957 sechs Frachtschiffe im West-Indien-Dienst und 2 Bananenschiffe, im Volksmund genannt »Bananenjäger« überwiegend im karibischen Raum. Zusammen mit den beurlaubten Seeleuten standen den insgesamt ca. 500 Besatzungsmitglieder auf den Besatzungslisten der **HORN-LINIE.**

Tanzende Zahlen

Nach etwa 3 Tagen hatte ich mich mit dem neuen Arbeitsgebiet einigermaßen angefreundet und auch schon einen kleinen Überblick von dem gewonnen, was in den nächsten Tagen, Wochen und Monaten auf mich zukommen sollte.

Ich war immer schon der Meinung, dass ich über ein gutes Verhältnis zu Zahlen verfügen würde, allerdings zu Zahlen, die nach meiner Meinung aus dem tatsächlichen Leben heraus entstehen und für das tägliche Leben gedacht sind.

Schon während der Lehrzeit bemerkte ich, dass in mir eine Differenzierung und sogar eine Abneigung gegen Zahlen entstanden sind, die nur von einer gewissen Menschengruppe verstanden und verarbeiteten werden können, nämlich den Buchhaltern.

Bereits im zweiten Lehrjahr bat mein Chef mich in sein Büro und meinte mit einem verschmitzten Lächeln »*Günther, ich bin mit ihren Leistungen im Allgemeinen sehr zufrieden, nur was ihre Einstellung zum buchhalterischen Verständnis angeht, da habe ich so meine Bedenken und möchte Sie nicht überfordern. Ich bin der Meinung, dass wir diesen Abschnitt Ihrer betrieblichen Ausbildung nicht überbewerten und den Mitarbeitern in der Buchhaltung manchen Nervenzusammenbruch ersparen können, wenn Sie sich vom betriebswirtschaftlichen Teil der Buchhaltungfernhalten und sich mit dem Angebot in der Berufsschule zufrieden geben könnten. Die Kaufmannsgehilfenprüfung bestehen Sie aufgrund ihrer Benotungen in der Berufsschule auf jeden Fall.*«

Und so ist es auch geschehen.

Ein paar Tage nach meinem Dienstantritt nahte das Unheil in Form einer männlichen Person, die sich mir als Teil der Reederei vorstellte.

Es war Herr D. ein Buchhalter. Schütteres Haar, kleiner Bauchansatz, Nickel-brille und Ärmelschoner über den Unterarmen.-

So hatte ich mir immer die Gestalten vorgestellt, die von den Zahlen lebten, die sich im Soll-und Habenbereich und keinesfalls außer diesen begrenzten Möglichkeiten tummelten.

Er hielt sich auch gar nicht lange mit Vorreden auf und kam direkt zur Sache, schob mir einige eng beschriebene Seiten DINA4 über den Tisch zu mit den Worten: »So, dann fangen Sie mal an.«

Er merkte wohl, dass sich bei mir auf der Stirn einige Falten bildeten und mein Angesicht eine rötliche Farbe annahm.

Mein weiteres Aussehen muss aus einem Fragezeichen bestanden haben.

In den nächsten 15 Minuten ließ ich ein Schwall von buchhalterischen Begriffen über mich ergehen, von denen ich nur ganz langsam Notiz nahm.

Weitere 15 Minuten gingen vorüber, bis ich endlich wieder festen Boden unter meinen Füßen spürte.

Es waren keine lustigen Spielchen, die er mir erläuterte, sondern ganz einfach gesagt, es ging um Differenzen aus dem Bereich der Schiffskassen, die jedes Schiff führen musste und in der alle Beträge aufgeführt wurden, die sich Ausgaben und Einnahmen nannten.

Hierunter fielen u.a. auch die Beträge für Vorschusszahlungen an Besatzungsmitglieder und Einkäufe von zusätzlichem Proviantwährend der einzelnen Reisen etc.

Und fast nur hier hatte der Teufel seine Hand im Spiel.

Die Verantwortung für die richtige Führung dieser Schiffskasse oblag natürlich den Kapitänen. Aber auch die hatten die buchhalterische Seite des Lebens nicht immer erkannt und versteckten ihre Nasen lieber hinter Kompass, Radar und Echolot.

Und wenn es einen Schreib/ Rechenfehler in der Schiffskasse gegeben hatte, dann machte die Buchhaltung den Kapitän dafür verantwortlich und baten um Gutschrift bzw. Belastung in der nächsten Schiffskassenabrechnung.

Es konnte nicht angehen wie uns einer der älteren Kapitäne antwortete, den ich wegen eines Fehlers angeschrieben hatte: »*Meine Schiffskasse stimmt, ich mache keinen Fehler, denn*

*meine Schiffskasse macht der Funker. Und au-
ßerdem gehen mich Ihre Kontokorrents gar
nichts an!!!!«*

Irrtum Herr Kapitän!!!

Auch wenn Sie – aus welchen Gründen auch
immer – die Schiffskassenführung dem Funkoffizier übertragen, die Verantwortung tragen
Sie.

Da die Schiffe durchweg 6 Wochen von Hamburg entfernt waren, kam es vor, dass der Brief-
wechsel wegen einer Differenz 4-5 Wochen an-
dauerte.

Mein fragender Blick traf den vor mir sitzenden
Buchhalter, dem in seiner jetzt eingenommenen
Position sicher auch nicht ganz wohl war und er
fragte vorsichtig: »*Wann meinen Sie?*« Und
diese Frage sollte auf die Bearbeitung dieser
vier Seiten hinzielen.

»*Nun ja*« sagte ich, »*für mich ist dies alles Neuland, aber ich werde mich zeitnah (*tolles Wort
fand ich, sagt alles und auch nichts*) an die Klä-
rung zusammen mit Ihnen ranmachen.*«

Ein leichtes Stöhnen hörte ich aus seinem
Mund, Nach dem Abendessen fand ich relativ

früh den Weg zu meinem Bett und muss ziemlich schnell eingeschlafen sein.

Mitten in der Nacht geschah es.

Erst ganz leise kamen sie aus allen Ecken und Winkeln.

Einzeln, zu zweit oder auch zu dritt und die Zahlen begannen zu tanzen bei einer für mich fremdartigen Musik.

Dabei schauten sie mich frech an und riefen mir immer zu: »*Find uns doch, fang uns doch, find uns doch, fang uns doch.*«

Erst früh am Morgen wurde ich vom Geschrei meiner neugeborenen Tochter wach. Im Gegensatz der Musik von den tanzenden Zahlen klang ihr Schreien wie das leise Gemurmel eines langsam fließenden Bachlaufs.

Am folgenden Tag machte ich mich mit den vier Seiten DIN A4 unter dem Arm auf, um mit dem Buchhalter zusammen einen Weg aus dem Dilemma zu finden. Im Gegensatz zu mir, der sich in der Nacht mit »tanzenden Zahlen« herumschlagen musste, wirkte er hellwach, was sich aber schnell ändern sollte.

Ich schaute ihm direkt ins Gesicht und erwartungsvoll sah er auch mich an.

»So wird es gehen«, meinte ich, *»wir müssen die Zahlen, die seit einigen Jahren auf der linken und rechten Seite stehen addieren.«* Flüsternd hörte ich ihn sagen: *»Nicht links und rechts, Herr Richter, sondern SOLL und HABEN.«*

»Von mir aus auch das, « erwiderte ich, *»und dann nehmen wir die Differenz dieser Zahlenblöcke und buchen sie aus.«*

Erschrocken und völlig konsterniert blickte er mich an. *»Das grenzt ja an eine Vergewaltigung der Zahlen«,* meinte er.

Da konnte ich ihn beruhigen.

Im Gegensatz zu einer Vergewaltigung hatte ich etwas ganz Neues in sein buchhalterisches Leben gebracht, das zudem noch von der Geschäftsleitung genehmigt worden warAuf jeden Fall fühlte ich mich wie Alexander der Große nachdem er mit seinem Schwert den Gordischen Knoten zerschlagen hatte.

Die Graue Eminenz

Das war ER!

Dahinter steckte ein Mann aus einem Landesteil von Schleswig-Holstein, in dem man morgens »Moin« sagte, und damit die volle Kommunikation für den ganzen Tag abgedeckt hatte.

Wollte man mehr quatschen, musste man schon ein »Moin moin« hervorbringen.

ER kam aus Dithmarschen und war bereits bei der Reederei H.C HORN als Geschäftsführer tätig und besaß das volle Vertrauen des Inhabers.

75 Jahre alt, leicht ergrautes Haar, sehr agil und wenn ER mit langen Schritten über den Flur zur Buchhaltung eilte, konnte man ihm das Alter nicht anmerken. Ausschließlich fanden sich die Farben Grau oder auch Dunkelblau in fast allen Anzügen wieder.

ER hatte schon vor dem zweiten Weltkrieg die Reederei H.C.HORN zu einer der bedeutendsten Reedereien in Deutschland gemacht und war nun auf dem besten Weg, den Aufbau der HORN-LINIE voran zu treiben.

Hierbei verließ er sich bei allen seinen Entscheidungen stets auf sein winzig kleines Notizbuch und nicht auf die langwierigsten Erklärungen der Finanzbosse.

In diesem Buch führte er schon seit 1920 mit sauberer kleiner Schrift alle Daten auf wie z.B. Schiffsneubauten, Finanzierung dieser Bauten, Frachtanteile, Versicherung usw. und konstruierte so ein totales Bild der Finanzlage.

Heute würde man ihn als Businessman des Unternehmens bezeichnen. Wenn ER vor 2000 Jahren etwa gelebt hätte, würde er mit Sicherheit in der Antike als Schüler vom bedeutendsten Mathematiker der damaligen Zeit ARCHIMEDES aufgenommen worden sein. Wie man ihn an seinen Erfolgen messen konnte, sollen zwei kleine Episoden zeigen:

Nachdem etwa ein Jahr seit meiner Ankunft in der Heuerabrechnungsabteilung vergangen war und ich noch immer wieder mit den Fehlern zu kämpfen hatte, die durch falsche Übertragung der Zahlen von Bord aus entstanden, machte ich meinem »Noch-Vorgesetzten« – er schied später aus Altersgründen aus – den Vorschlag, die Heuerabrechnungen doch von uns aus zu erstellen, die bislang ja von den Schiffen verarbeitet wurden.

Er schüttelte nur mit dem Kopf und zeigte mit einem Finger nach oben, was heißen sollte, im 3. Stockwerk sitzt ein Mensch, der fest auf seinen Geldern sitzt wie eine Glucke auf dem Nest.

»Das werden wir ja sehen«, meinte ich, »der kann sich doch nicht dem technischen Fortschritt entziehen bei dem zumal auch die Fehlerquellen, die letzten Endes zumindest nicht ganz abgestellt werden können, Einsparungen ergeben.«

»Ebenso sind wir für eine verständliche ordnungsgemäße Abrechnung dem Seemanngegenüber verpflichtet.«

Ohne Wissen meines Vorgesetzten hatte ich mich inzwischen auf dem technischen Markt umgesehen und mir vom Vertreter der damaligen IBM die Arbeitsweise des neuesten Buchungsautomaten erklären lassen, der für die damalige Zeit mit etwa 2000 DM nicht grad »günstig« zu haben war.

Nach Rücksprache mit meinem Noch-Vorgesetzten zog ich mit dem schriftlichen Angebot der IBM zur »Höhle des Löwen«.

Wider Erwarten aber auch erst nach einigen Überlegungen bekam ich »grünes Licht« und konnte es dem auf mich wartenden Vertreter der IBM mitteilen.

Lieferzeit etwa 6 Wochen.

Dann kam der Tag X und mit ihm der Automat.

Da der Vertreter üblicherweise als Gegenwert für den Automaten einen Scheck gewünscht hatte, zog ich wieder einmal zum »Hüter aller Gelder« in den dritten Stock.

Über den Brillenrand hinaus blickten mich graue Augen an. Und nachdem ich den Wunsch geäußert hatte, den Gegenwert als Scheck zu erhalten vernahm ich nur ein dumpfes Grollen. *»3 Prozent!«*

Wie bitte??

»3 Prozent!«

Oha, jetzt ahnte ich welche Forderung sich hinter dieser Aussage verbarg.

Um IHN nicht zu verärgern nahm ich die Rechnung wieder an mich und begab mich zu dem wartenden Vertreter mit dem Wunsch des Veteranen.

Ein Bild des Jammers bot dieser mir und erklärte, dass es ein Ausnahmepreis der IBM gewesen sei, wobei 3 % Skonto nicht enthalten sind.

Also zog ich wiederum zur dritten Etage, wo ER sein Domizil hatte und trug ihm vor, dass der Vertreter diese Forderung nicht akzeptieren könne.

»Dann soll er seine Kiste wieder mitnehmen, basta!!«

Ich war erschrocken und erstaunt zugleich. Waren denn Zeit und technisches »know how« umsonst gewesen?

Alle Vorbereitungen zum Tag X wie neue Buchungsbogen, Farbbänder etc.

Alle Schiffe waren schon verständigt. Der »arme Vertreter« gab sich mit Tränen in den

Augen geschlagen und stöhnte nur noch:
»Dann gebe ich diese 3 % von meiner Provision her.«

So begann bei uns die Automatisierung im Heuerwesen.

Ich hörte nur später von einem Buchhalter, dass ER grundsätzlich von jeder eingehenden Rechnung mindestens diese ominösen 3 % in Abzug brachte.

Aber noch eine Kleinigkeit vom ER möchte ich dem Leser nicht vorenthalten und soll zeigen, mit welchen Augen der Wert des Geldes oder Gegenstandes betrachtet wird.

Am frühen Morgen eines Tages ging ich über den Flur im Buchhaltungsbereich.

Vor mir – wieder mit den schon markanten langen Schritten – ER und vor ihm ein junger Lehrling (heute AZUBI)

»He junger Mann, kommen Sie doch bitte einmal zu mir.«

Etwas erschrocken drehte der sich um und ging auf ihn zu.

»Was sehen Sie hier auf der Erde liegen?«

Ein wenig verschüchtert und schuldbewusst kam die Antwort.. *»Eine Büroklammer«*
»stimmt, aber jedes Ding hat zwei Seiten.«
»Sie heben bitte die Büroklammer auf und was Sie jetzt in den Händen haben sind die Zinsen von einem Groschen«
Mit hochrotem Kopf entschwand der Lehrling.

Nach dem Tod von Herrn Müller-Stinnes zog ER sich 1963 in die Gefilde des Nordens zurück.
ER hinterließ sein kleines Notizbuch, das sorgfältig gehütet wurde.

Wer in seiner Wirtschaft gut auskommen will, dürfte nur die Hälfte von dem ausgeben was er einnimmt, will er reich werden, sogar nur ein Drittel. Auch vergibt sich sogar der Größte nichts, wenn er sich herablässt, selbst abzurechnen.

(Sir Francis von Verulam Bacon)

Geld her ... oder auch nicht!

Tja, nun hatten wir es ja geschafft und der Buchungsautomat konnte seine Tätigkeit aufnehmen.

Aber damit war es noch nicht getan.

Die Heuerguthaben wurden nun von uns Monat für Monat errechnet und mussten in barer Münze jedem einzelnen Besatzungsmitglied nach Ankunft in Hamburg – manchmal auch in einem anderen deutschen Hafen – ausgezahlt werden.

Wenn der Seemann etwas anderes liebt als Frau, Kinder oder Freundin, so war es in zweiter Linie immer das Geld ... verständlich.

Und gerade dieses Geld musste ihm – schon wegen der relativ kurzen Hafenliegezeiten – auf irgendeinem Weg zur Verfügung gestellt werden.

Sie sollten mal sehen, wie die verschiedenen Nationen, die auf den Schiffen tätig waren, geschniegelt und gebügelt an der Rehling standen und erwartungsvoll auf die Tasche blickten, in der die Geldscheine ruhten. Sauber und genau auf Heller und Pfennig, sorgfältig in kleine braune Versandtaschen verstaut, mit Namen, Dienstgrad und Betrag der einzelnen Besatzungsmitglieder versehen, konnten diese »Geldbeutel »gegen Unterschrift in einem Quittungsbuch ausgehändigt werden, nachdem der Inhalt auf Richtigkeit geprüft worden war.

Zu der Zeit – etwa am Ende der 50er Jahre – verfügten lediglich die Angestellten an Bord der Schiffe über eigene Bankkonten. 90 % der übrigen Besatzungsmitglieder wollten die verdiente Heuer lieber in »natura« sehen.

Es stand aber jedem Seemann das Recht zu, sogenannten »Ziehscheine« über die jeweilige Reederei aufzugeben, die als Heimatzahlung an bestimmte Personengruppen gedacht waren.

Über diese Zahlungen wurde dann auch die Schiffsleitung in Kenntnis gesetzt, damit die üblichen Vorschusszahlungen an Bord kontrolliert werden konnten.

Aber es war für mich nicht immer leicht, die Heuerzahlungen auf »normalen« Weg zum Schiff zu bringen.

»Der Mann mit der Tasche« wurde ich bald genannt und transportierte hiermit zwischen 10.000 DM und 30.000 DM an Bord wobei in diesen Beträgen nicht nur die Restheuern sondern auch Zahlungen für die Schiffskasse enthalten waren.

Liebe Leser, sie werden sicher mit dem Kopf schütteln über diese Art des »Geldtransfers«. Ein Unding für die jetzige Zeit, stimmt!

Ernst wurde die Übergabe der Gelder aber erst recht, wenn die sogenannten »Bananenjäger« so wurden die weißen, schnellen Schiffe der Flotte genannt, in relativ kurzen Reisen von 4–5 Wochen Bananen aus der Karibik brachten und dementsprechend auch kurze Liegezeiten in Hamburg hatten.

Wenn wieder einmal diese angespannte Lage akut war, wurde ich zusammen mit den beiden Inspektoren nach Cuxhaven gefahren und wir erwarteten dort unseren Bananendampfer.

Mit dem Lotsenversetzboot fuhren wir dem Schiff, das mit kleiner Kraft querab von Cuxhaven aufkam, entgegen.

Von oben wurde nun die Jakobsleiter – eine Strickleiter – herabgelassen und wir kletterten immer in gleicher Reihenfolge – Decksinspektor –Maschineninspektor – und ich –an der Bordwand hoch.

Vorerst jedoch wurde ein Tau (für Landratten übersetzt »Strick«) von Bord aus zum Lotsenboot herabgelassen, an dem ich meine braune Aktentasche binden konnte, die mit dem wertvollen Inhalt an Geld langsam an Bord gezogen wurde. – Alle meine guten Wünsche verfolgten immer diese Prozedur.

Aber auch ein paar grinsende Gesichter mischten sich unter die neugierigen Blicke der Seeleute.

Zum Thema »Heuern« gehören auch noch folgende Episoden, die zeigen, wie man auch mit Geld umgehen kann. Auf dem MS HORNBELT war einmal ein Bootsmann E. beschäftigt. Im Grunde ein recht guter Seemann, der seine Decksmannschaft richtig einsetzen konnte.

Er stammte aus einer kleinen Stadt in Mitteldeutschland, war verheiratet und hatte drei kleine Kindern.

Er liebte die harte Arbeit an Bord, aber mit seinem Geld stand er auf dem Kriegsfuß.

Zwei kleine Ziehscheine pro Monat hatte er über uns zur Überweisung an seine Frau aufgegeben aber an Bord immer einen Vorschussverbrauch in der gleichen Höhe für sich verwendet. Wofür?

Wir konnten es nur ahnen, aber ansprechen konnten und durfte wir ihn ja nicht.

Mittlerweile hatten uns verschiedene Geschäfte in der Hafengegend insgesamt 5 Pfändungsbeschlüsse eingereicht, denen wir uns nicht verschließen konnten.

Fünfmal war er Verpflichtungen eingegangen, denen er nicht ganz oder auch nur teilweise nachgekommen war. Auf diese Beschlüsse durfte ich ihn ansprechen, denn die verursachten nur Mühe und Ärger bei uns und im Grunde hatten wir Mitleid mit der Frau, die uns immer häufiger um zusätzliche Zahlungen für sich und die Kinder gebeten hatte.

So auch kurz vor Weihnachten.

Ein Gemischtwarenhändler aus dem Heimatort des Bootsmanns teilte mir telefonisch mit, dass die Ehefrau von eben diesem Mann bei ihm vorstellig geworden sei und um verschiedene Lebensmittel für sich und die Kleinen gerade vor Weihnachtsabend gebeten habe, was er aber ablehnen musste.

Ich dachte in diesem Moment an die hohen Vorschusszahlungen, die der Mann an Bord ständig für sich verbrauchte.

Ohne lange Gespräche zu führen sagte ich dem Händler er möge der Frau nur die benötigten Lebensmittel im Gegenwert von 100 DM aushändigen – natürlich ohne Alkohol – erbat mir von ihm seine Bankverbindung und überwies am gleichen Tag noch den Betrag. Als das Schiff nach Hamburg kam, ließ ich mir den Bootsmann kommen und konfrontierte ihn mit meiner Handlung.

Erst schien es als wollte er protestieren aber mit meinem Hinweis auf die vorliegenden Pfändungsbeschlüsse und auf seine ständig hohen Vorschussaufnahmen an Bord entfernte er sich lieber.

Er fuhr noch einige Jahre bei uns, erhöhte aber seine Ziehscheinzahlungen an die Familie.

Und das gab es auch:

Eines Tages erschien ein zweiter Ingenieur bei mir, der bereits länger als zwei Jahre bei uns tätig war und erklärte mir, er würde seine Funktion als 2. Ingenieur zwar gern weiter ausüben, möchte aber als Vergütung die Heuer eines 3. Ingenieurs haben wollen.

Mein Erstaunen über diese Veränderung brachte dann die Aufklärung.

Er lebte seit einigen Monaten in Scheidung und wollte so sein Einkommen schmälern, damit für seine Noch-Ehefrau nicht die höhere Heuer für den Unterhalt zugrunde gelegt werden konnte. Von mir konnte er nur eine strikte Ablehnung erhalten.

So ein Schlingel!!

Zu den schmierigen Geschäftemacher am Hafen gehörte auch eine Personengruppe, die sich zur Aufgabe gemacht hatte, den Seeleuten die schwerverdiente Heuer aus der Tasche zu ziehen.

Er kam von den schönen mächtigen Bergen der deutschen Alpenwelt und hatte bei uns vor einigen Monaten als Schiffselektriker seinen Dienst angetreten.

Eines Tages stand er da und erklärte mir in seiner blumigen Sprache dass er von einer gut aussehenden »Dame« auf der Straße angesprochen wurde, die ihn zu einer Tasse Kaffee in ein nahes Restaurant gebeten hatte und ihn so ganz nebenbei zum Kauf einer Schreibmaschine animierte.

»Wen a Rechnung für a Schreibmaschine kimd brauchstas ned zoin wei i de ois Elektriker ned braucha ko.

De Dame hod gmoand wenns ma an Kaffee zoiddann kons me umagriagn das i des Teil kaf und des war a Fehla vo mia das i drauf reigfoin bin.«

Sicherlich hatte sich aber auch das Kind der Berge von der netten »Verkäuferin« ein wenig mehr erhofft, als diese eine Tasse Kaffee.

Aber zu diesem Thema wäre noch kurz eine Erklärung nötig, So wie diese junge Dame hatten sich einige »Geschäftsleute« in der Hafengegend ebenfalls zu dubiosen Verkaufsmethoden hinreißen lassen und meinten keine Verluste zu verzeichnen, wenn sie in Kaufverträgen folgenden Zusatz brachten ...« *und trete mein pfändungspflichtiges Einkommen bis zur Höhe des Kaufbetrags an Firma XY ab*«

Den Kaufvertrag mit diesem Zusatz legten sie uns dann vor, in Erwartung dessen, dass wir als »Schuldeneintreiber« für sie tätig werden sollten.

Pustekuchen!!!!

Wir lehnten dieses Ansinnen natürlich ab und forderten diese Geschäftemacher auf, uns einen vom Gericht ausgestellten Pfändungsbeschluss vorzulegen.

Zusätzlich stand nunmehr in jedem Heuervertrag der Zusatz »Lohnabtretungen jeder Art werden vom Arbeitgeber nicht anerkannt.«

Danach gab es kaum noch Forderungen, die wir als Arbeitgeber erfüllen sollten.

Flasche halb voll oder halb leer?

Zu diesem Thema muss ich etwas ausholen.

Nach über 120 Jahren Hamburger Freihafen wurde dieser Status im Jahr 2014 aufgegeben.

Bis dahin wurde das Freihafengebiet sorgfältig von den Grünjacken – den Zöllnern – bewacht. Wie der Hamburger Michel zu Hamburg so gehörten auch die Zöllner zum Hamburger Freihafen.

Sie standen prompt außerhalb Ihrer Zollräume und beachteten mit Argusaugen jede Person die sich auffällig oder auch unauffällig Ihrer Position näherten. Noch viel mehr setzten sie ihren Ehrgeiz ein, wenn eine Gruppe von Werftarbeitern nach Arbeitsschluss mit der Barkasse am Baumwall eintraf.

Auch ich befand mich einige Male unter den nach Rost und Teer riechenden Arbeitern, wenn ich von einem unserer Schiffe kam, das inmitten des Elbstroms an den Pfählen festgemacht hatte.

Seltsam, seltsam, je näher wird dem Zollgebäude kamen wurden meine Schritte langsamer und ein beklemmendes Gefühl machte sich bemerkbar.

Ob es wieder so kommen würde wie schon einige Male?

Die laut diskutierende Gruppe, die meisten in Lederjacken und dicken Pullovern, schritt am wartenden Zöllner vorbei ohne ihn zu beachten.

Jetzt geschah es!!

Der Arm des Zöllners ging langsam hoch, zeigte auf mich, der mitten in der diskutierenden Gruppe lief, und ich hörte ihn rufen: »Sie!«

Fragend sah ich ihn an. »Ich?«

»Ja, genau Sie!!«

Ich löste mich also aus der Gruppe.

Nachdem ich seine Frage nach zollpflichtigen Dingen verneint hatte, durfte ich weiterziehen,

»Man oh man, warum gerade immer ich??«

Ich konnte mir diese Frage nie so richtig beantworten.

Es mag vielleicht nur an dem Hut gelegen haben, den ich trug. Aber der war zu dieser Zeit modern.

Nicht immer ging die »Bekanntschaft« mit dem Hüter der Freihafenordnung so richtig gut aus. Es war an einem recht heißen Sommertag. Wieder hatte ein Schiff von uns den Liegeplatz an den Pfählen im Elbstrom gewählt um den hohen Kosten eines Kai-Liegeplatzes zu entgehen.

Es war schon fast 20 Uhr als ich mit meiner obligatorischen braunen Aktentasche in einer Barkasse der Firma RAMBOW zur Auszahlung der Heuerbeträge zum Schiff fuhr und stieg die ausgelegte Gangway empor. Recht flott ging die Abwicklung der Gelder vor sich und ich sah um mich herum nur fröhliche Gesichter.

Bevor ich mich mit der wartenden Barkasse wieder an Land bringen ließ, suchte ich noch kurz den 1. Ingenieur in seiner Kammer auf. Nach einem kurzen Smalltalk reichte er mir als Geschenk eine Flasche Rum aus der Karibik, der besonders gut schmeckt.

Ich erinnerte ihn daran, dass ich für diese unge-
öffnete Flasche Zollgebühren zu zahlen hätte
und machte ihm den Vorschlag, die Flasche
jetzt zu öffnen und ein kleines Gläschen zu pro-
bieren.

Damit umginge ich die Zollgebühr und ihm war
es recht. – Prost!!

Der Barkassenführer setzte mich am Baumwall
ab wo ich meinen Wagen abgestellt hatte.

Kaum hatte ich die Zollstation erreicht als auch
schon ein Zollbeamter erschien.

Wenn ich ab und zu auch zu später Stunde diese
Station am Ausgang des Freihafens benutzte,
winkte mir der diensthabende Beamte meistens
ganz leger zu und ich konnte ohne Halt den
Freihafen verlassen.

Heute war es ganz anders.

Da zu dieser Uhrzeit kaum ein Wagen die Frei-
hafengrenze befuhr und auch kein Stau die Ausfahrt behinderte, sah ich mein Bett bereits vor
mir.

Aber was war denn heute los?

Der erhobene Arm des Zöllners ließ nicht gutes
vermuten und zwang mich zum Anhalten.

Ich drehte das Wagenfenster ganz herunter und sah den Grünrock fragend an.

»Na, haben Sie etwas zu verzollen?«

Ich verneinte die Frage.

»und was haben wir dort in der braunen Akten-tasche auf dem Rücksitz?«

»Nur Akten vom Schiff und eine angebrochene Flasche Rum als Geschenk vom 1. Ingenieur«

»Na, dann steigen Sie mal schön aus und neh-men die Flasche mit in mein Büro«

Ich fragte mich was dieser Unfug wohl sollte, denn mein Gewissen war rein. Im Büro sah er mich grinsend an.

»Sie behaupten also in der Flasche sei Rum?«

»Na sicher«

Mir war immer noch nicht klar was diese Fra-gestunde bewirken sollte.

Mit den Worten *»dann muss ich mich ja wohl mal von der Richtigkeit überzeugen«* ergriff er ein größeres Wasserglas und goss es mit dem herrlichen Getränk der Karibik halb voll.

Bevor er das Glas absetzte nahm er einen tüch-tigen Schluck und bestätigte mir die Richtigkeit meiner Angaben.

»OK, dann werde ich Ihnen kurz mal den Zoll-
betrag errechnen, den Sie für die Flasche zu
entrichten haben«

Meinen verdutzten Gesichtsausdruck musste
der »Prüfer« wohl erkannt haben.

Ich konnte nur noch stammeln: *Aber ... aber ich*
denke eine angebrochene Flasche muss man
nicht verzollen?«

»Falsch gedacht junger Mann, aber da die Fla-
sche jetzt ja nur noch halb voll ist, berechneich
den Zollbetrag auch nur auf eine halbe Flasche
Rum«

Mir verschlug es die Sprache. Ich packte die
Flasche mit dem reduzierten Inhalt in meine
Aktentasche und verschwand ohne noch einen
einzigen Blick auf den Diener des Staates zu
werfen.

Warum mir am Tag darauf ein Gleichnis aus
dem Leben zur Zeit Jesus einfiel, muss wohl
eine Eingebung gewesen sein:

Im Leben Jesu wurden in Palästina die Zölle ei-
nes Bezirks nicht durch Beamte eingezogen,
sondern an Privatpersonen verpachtet. Diese
setzten dann auch Unterpächter ein.

Diese zahlten dann auch die eingenommenen Beträge an die Pächter aus, behielten aber heimlich etwas für die eigene Tasche.

Kein Wunder dass die Zöllner unbeliebt waren und der Beruf als unehrenhaft galt.

Zöllner wurden Dieben und Räubern gleichgestellt und waren ähnlich schlecht angesehen wie Sünder, Dirnen und Heiden.

Da hatte man dem Koch aber tüchtig in die Suppe gespuckt …

Das Schiff stampfte kräftig durch die langgezogene Dünung des Pazifischen Ozeans.

Die Stimmung an Bord war gut, denn der Koch hatte eine Extraportion Rote Grütze an die Mannschaft verteilt.

Man kam von der Hafenstadt Iquique (Chile) und wollte nach Valparaiso, das nach ca. 900 Seemeilen bald in Sicht kam.

Kaum waren die letzten Leinen an Land gegeben, war das Schiff festgemacht.

Wie üblich kamen zuerst 6 Zollbeamten zur Abfertigung an Bord und weil diese – wie in fast allen Hafenstädten an der Westküste Südamerikas – ein sehr einnehmendes Wesen haben – war ihr erster Gang hinunter zum Proviantraum. Jeder nahm sich eine Stange Zigaretten und eine Flasche Whisky und schon war die Abfertigung des Schiffs an die zweite Stelle gerückt und nur noch Formsache.

Fröhlich zog man ab!

Aber, aber!!

Wie aus dem Nichts erschien nach wenigen Minuten eine neue Gruppe von zirka 10-12 Zollbeamten, die nicht zur Selbsthilfe griffen, sondern gezielt auf einen Gang unter Deck hin steuerten.

Kisten und herumliegende Maschinen-Ersatzteile wurden beiseite geschafft und hinter diesen Teilen kam eine Tür zum Vorschein, die aufgebrochen wurde, weil angeblich kein passender Schlüssel aufzufinden war.

Hier hatte man nun genau das gefunden, was man auch vermutet hatte.

Das Geschnatter der Beamten ließ erkennen, dass man mit dem Ergebnis der Suche sehr zufrieden war.

Mit barschen Worten, die niemand von der Besatzung so richtig verstand und mit entsprechenden Gesten und Gebärden wurden 34 Kisten – Inhalt Whisky – beschlagnahmt und an Land gebracht. Fragende Gesichter und leichtes Grinsen der nun neugierig gewordenen Crew und schon wurden Vermutungen aufgestellt, wer wohl verantwortlich für den »Export« dieser Menge Alkohol sein könne.

Aber man fragte sich natürlich auch, wann und wie sind diese Kisten an Bord gelangt?

Es muss heimlich in einem europäischen Hafen passiert sein, vermutlich Antwerpen und ganz gewitzte Jungs hatten auch schon eine Rechnung aufgemacht: 34 Kisten á 12 Flaschen sind insgesamt 408Flaschen 408 Flaschen zum Einkaufspreis von 1 Dollar machen 408 Dollar 408 Flaschen zum Verkaufspreis von 16 Dollar Machen 6528 Dollar d.h. Gewinn 6120 Dollar!!!

Wer hat von den Seeleuten nicht auch schon mal die eine oder andere Flasche drüben verkauft, aber solche Mengen?

Da müsste vielleicht schon ein Syndikat am Werk sein, denn einer einzelnen Person traut man diese Transaktion nicht zu. Man sollte sich irren!!

Inzwischen war natürlich die Aufregung bei der Schiffsleitung und bei den Behörden groß und man war auf beiden Seiten daran interessiert, den oder die Missetäter zu finden.

Behilflich dabei war auch der Koch.

Auffälliger Weise sah man ihn am Abend durch verschiedene Lokalitäten des Hafens ziehen auf der Suche nach einem »Kumpel« der die Missetat zugeben sollte.

Und siehe da!

Der Schmierer G. war nach etlichen Bieren bereit, das Vergehen für den Koch zu gestehen. Er wurde – so blau wie er nun war – von der Polizei gefragt, um wie viele Kisten es sich denn handeln würde.

Tja … so genau wisse er es nicht mehr, meinte er, so an die 20 oder 22 werden es wohl gewesen sein.

Aufgrund dieser Angabe und aufgrund seines sonstigen Zustands ließ man ihn wieder laufen. Da man aber von Seiten der Behörde nicht weiterkam, musste jemand gefunden werden, dereinerseits verantwortlich gehalten und andererseits als Druckmittel für den echten Missetäter be-straft werden konnte.

Bald schon kam man auf den 1. Offizier Sch. und steckte ihn für eine Nacht ganz einfach ins Gefängnis.

Das schlechte Gewissen ließ nun dem echten Schmuggler keine Ruhe und er stellte sich am nächsten Morgen der Polizei.

Unter Bewachung wurde er nach zahlreichen Verhören der Schiffsleitung übergeben.

Inzwischen liefen aber die Telefon-und Telex-geräte zwischen der Agentur und der Reederei in Hamburg heiß.

Man erfuhr von der Agentur in Valparaiso, dass die Whisky-Kisten beschlagnahmt worden sind und eine Geldstrafe für den Täter in Höhe von umgerechnet ca. 28.000 DM ausgesprochen wurde, die vorerst von der Agentur beglichen werden musste.

Die Aufregung bei der Reederei in Hamburg war natürlich riesengroß. Aufgelöst und aufge-regt stürzte unser Geschäftsführer auf mich los und wollte wissen, welche Restbeträge aus der Heuer des Kochs bei uns noch vorhanden wä-ren.

Nach kurzem Augenblick konnte ich ihm verra-ten, dass ungefähr 14.000 DM aus der Rest-heuer, den ausstehenden Urlaubstagen und den aufgelaufenen freien Tagen vorhanden sind.

Er bat mich zum Schiff zu fahren, das als ersten europäischen Hafen Bremen anlaufen sollte, und den Koch nach Hamburg zu bringen.

Und so geschah es auch.

Ich kannte den Koch nun schon etliche Jahre aber in der neuen »Dienststellung« als Schmuggler hatte ich Gelegenheit, etwas mehr über seine Untat zu hören.

Er hatte ja alles zugegeben wegen der 34 Kisten meinte er, aber dass in den dortigen Zeitungen nur von 32 Kisten die Rede war, hat ihn wütend gemacht. *»Da kann man mal sehen, haben die mir doch glatt 2 Kisten geklaut!!«*

Im übrige wäre dieses seine erste Tat gewesen, von dem zu erlösenden Geld wollte er seiner Tochter ein Auto zum Geburtstag kaufen.

Von wegen dachte ich … ersteTat???

»Wer's glaubt wird selig«

Auf Wunsch meines Geschäftsführers sollte ich ein aufklärendes Gespräch mit dem Koch über die Rückzahlung der Differenz von ca. 14.000 DM führen und er meinte sehr ernsthaft:

*Aber bitte sehr, Herr Richter, **nur** im Beisein unseres Rechtsanwaltes«*

Einige Tage später erhielt ich den Anruf des Kochs. – Er wollte mich sprechen.

Ich sagte natürlich zu und bat ihn, mich nicht im 3. Stockwerk aufzusuchen, wo mein Büro lag, sondern mit dem Paternoster zum 7. Stockwerk zu fahren und im Konferenzzimmer auf mich zu warten. (Ich wollte ihn ohne Rechtsanwalt sprechen)

Ohne Umschweife kam er zum Punkt der Sache. *»Sie haben mit mir sehr viel Ärger gehabt, Herr Richter, deshalb bin ich heute zu Ihnen und nicht zur Geschäftsleitung gekommen«* sprach's undzog ein Scheckbuch aus seiner Jackentasche.

Dann reichte er mir einen blanko Scheck und meinte:«*Tragen Sie bitte selbst die Summe ein, die ich der Reederei schulde.«*

Wir verabschiedeten uns wie gute Bekannte.

Der Koch wurde übrigens nach etwa 6 Monaten wieder auf einem unserer Schiffe eingesetzt, aber nicht mehr im Westküstendienst Südamerikas.

Er war ein sehr guter Koch und als gelernter Konditor konnte mancher Kapitän Pluspunkte bei den mitreisenden Fahrgästen sammeln.

Als ich meinem Geschäftsführer den Scheck zeigte meinte er nur: *Und das ohne Anwalt? Meinen Sie etwa, dass der Scheck gedeckt ist?* Mit ein wenig Stolz antwortete ich nur **JA!**!

Middenmang Pütt un Pann
(Zwischen Töpfen und Pfannen)

Ja, da haben wir ihn schon, den Schiffskoch auch genannt Smutje, aber die Heuer ist dieselbe.

Er ist Einzelgänger, sein Arbeitsbereich dieKüche aber auch als Kombüse bekannt. Er ist mitverantwortlich für die Erstellung des Speiseplans, der heute natürlich nicht mehr dem Speiseplan ähnelt, nach dem die Besatzung auf den alten Segelschiffen verpflegt wurde.

Ein alter »Kap Horniers« Kapitän erzählte mir zu diesem Thema:

»Zum Frühstück gab es 350 g Salzspeck. Frischbrot reichte grad mal bis zum Äquator, danach nur noch Hartbrot. Häufig waren darin Maden zu finden, die wurden dann ausgeklopft«

Wenn man das beigefügte Foto der»Speiserolle von 1951« vergleicht, hat sich in punkto Verpflegung durchaus einiges getan.

Der Schiffskoch ist auch an die Vorgaben der Reederei gebunden gewesen, die einen festen Verpflegungssatz pro Tag und Besatzungsmitglied vorgegeben hatten, der natürlich vom Koch eingehalten werden musste.

So lag es also am Koch so wirtschaftlich wie möglich aber auch so gut wie möglich die Speisen zuzubereiten, denn aufgrund der zumTeil recht langen Seezeiten des Schiffs war es auch seine Aufgabe, für die Moral der Besatzung zu sorgen.

Das Essen auf so einem Schiff ist Seelentrost, Heimweh nach zuhause und Ausgleich für die harte Arbeit auf See.

Für manchen Seemann ist der Smutje der wichtigste Mann an Bord, weil er die Stimmung mit der Zubereitung seiner Speisen beeinflussen kann.

Aber wehe, wenn nicht!!

Selbstverständlich gibt es unter den Schiffsköchen nicht nur wahre Meister sondern auch solche, die von der Besatzung als »Frikadellen-schmied« bezeichnet werden und man musste sich nicht wundern, dass eines Nachts an der Kammertür des Kochs lauter Frikadellen ange-klebt waren.

Freunde hatte derjenige wohl nicht an Bord und das lag einerseits daran, dass es in einer Woche dreimal (!!) Frikadellen in unterschiedlichen Geschmacksarten zu essen gab. Es hat auch nie-manden gewundert, dass dieser Koch auf seiner ersten Reise eines Morgens mit einem Pflaster auf der Nase und mit einer Sonnenbrille am zu-bereiten des Frühstücks für die Besatzung zu sehen war.

Er musterte nach dieser Reise ab und ich glaube, niemand hat ihm eine Träne nachge-weint.

Fast jeder Schiffskoch ist weltgewandt und auf-geschlossen jedem Fahrgast gegenüber.

Mit so einem Genie hatten meine kleine Familie und ich eine Reise von etwa 4 Wochen mit ei-nem Bananenschiff in die Karibik unternom-men.

Jeder Betriebsangehörige der Reederei durfte diese Vergünstigung annehmen, der mindestens eine Zugehörigkeit zur Firma von 10 Jahren aufweisen konnte.

Wir wurden in einer Doppelkabine mit gesonderter Wohn- und Schlafkammer untergebracht und durften unsere Mahlzeiten in der Offiziersmesse zusammen mit demKapitän, dem 1. Offizier, dem 1. Ingenieur und den Fahrgästen einnehmen.

Hier fiel mir die außerordentlich gut aufgemachte Speisenkarte ins Auge, auf der die kulinarischen Angebote mir schon das Wasser im Mund zusammen laufen ließen.

Ich habe dort unter anderem gelesen:

Pommes de terre saut`ees l´Allemagne

und

salade compos`ee laitue á la romaine

Ich wollte mir diese aufregenden Speisen nicht entgehen lassen und bestellte.

Als serviert wurde, musste ich wohl doch etwas erstaunt geblickte haben, denn vor mir standen auf verschiedenen Tellern ganz normale *Brat-kartoffeln* und ein *gemischter Salat.*

Der neben mir sitzende 1. Ingenieur bemerkte mit einem schwachen Grinsen: *»Na, wenn ich dem Koch mal seinen Atlas klaue, dann weiß er bestimmt nicht mehr was er kochen soll.«* Sprachs und entschwand. Ein Koch ohne Launen ist wie Hamburg ohne Michel und das zeigt sich mal wieder an folgendem Ereignis.

Eines Morgens erscheint bei mir im Büro ein junger Mann und war – wie es sich herausstellte – ein Ingenieur-Assistent von einem unserer Schiffe, das im Hamburger Hafen über Nacht festgemacht hatte.

Etwas lädiert sah der Junge schon aus und ein Pflaster auf der Stirn verhieß nichts Gutes.

Aus seinem mir vorgelegten Seefahrtbuch entnahm ich, dass er von diesem Schiff abgemustert hatte.

Ungewöhnlich dass er aber nur eine Reise lang an Bord war, denn es hinterlässt immer einen Grund danach zu fragen.

Grad bei den jungen Ingenieur-Assistenten war ein längerer Verbleib an Bord eines Schiffes wichtig für die weitere Laufbahn.

Demzufolge meine Frage nach dem WARUM?

»Ich bin doch nicht blöd mit diesem verrückten Koch noch weiter zu fahren, der gehört in eine-Klappsmühle«

»Häää«?

»Na ja, ich ging zu ihm in die Kombüse und fragte ihn, ob ich noch einen Nachschlag vom Gemüse bekommen kann.

Er sah mich nicht grad geistvoll an und meinte nur, was willst du? einen Nachschlag?«

Er griff prompt zu einer großen Kelle aus Aluminium und schlug sie mir auf den Kopf«

»Da hast du den Nachschlag«meinte er nur.

»Er hätte mich glatt erschlagen wenn ich nicht schnell verschwunden wäre!«

Ich ahnte nur, dass hier wieder einmal der Teufel mit dem Schnaps zugange gewesen ist, denn abgeneigt war dieser Koch nicht.

»Und dann?« fragte ich.

»Na ja, dann bin ich an Land gefahren und hab mir eine Pistole gekauft.«

?????

»Und davon hat der ALTE – gemeint war der Kapitän – *Wind bekommen und mich rausgeschmissen.«*

Ich konnte mir leider das Schmunzeln nicht ganz verkneifen.

Man sieht an diesem Beispiel doch, Recht haben und Recht bekommen ist nicht immer leicht zu verstehen.

Aber mit einer Pistole sollte man sich auch gerade an Bord eines Schiffes nicht das Recht erstreiten.

Übrigens wurde diese Kelle, die eine größere Delle von dem Schlag aufwies, von einigen Besatzungsmitgliedern verchromt und dem Koch ein paar Tage drauf zur Silberhochzeit übergeben.

Der Bananentango

Na ja, man hatte es mir vor Beginn meiner Schiffsreise in die Karibik schon angedeutet, dass während der Reise eine kleine Überraschung auf mich warten würde. Aber was??

Da während der Hinfahrt nichts passierte, hatte ich bereits diesen Hinweis ad acta gelegt und war nun erstaunt, als der 1. Offizier auf mich zukamund mich zum Tanzen aufforderte.

»Bitte wasssss?«

Es stimmte, er hatte »tanzen« gesagt.

Und da zu dieser Sportart auch eine exclusive Kleidung vorhanden sein musste, brachte man mir eine Hose und eine Jacke.

Aber sicher waren diese Kleidungsstücke nicht von einem französischen Schneider angefertigt worden und auch der verwendete Stoff kam nicht aus England.

Zu gut Deutsch gesagt: Es war eine Kombination aus einfachem Zuckersackstoff und als i-Punkt band man mir jetzt auch noch die Hosenbeine zu.

Fragend sah ich den 1. Offizier an, der mit einem schmierigen Lächeln diese ganz Prozedur beobachtet hatte.

»Ist schon besser so, man kann nie wissen ob in den Bilgen etwa ungebetene Gäste mit dem langen Schwanz vorhanden sind«

Mir schwante nichts gutes, denn es hieß jetzt, ich werde mit dem 3. Offizier im Schiffsleib verschwinden und die täglichen Temperaturenim Laderaum der Bananenstauden notieren.

(Damals fuhr man noch die ganzen Stauden von den Bananen, später wurden sie in Kartons verpackt)

Wir begannen in Luke 1 und schon als die Eingangstür dieser Luke geöffnet wurde, hörte man das gewaltige Brummen und Heulen der Lüftungsmaschinen.

Nun zwängten wir uns mit dem Rücken an der inneren stählernen Außenwand des Schiffs entlang, vor uns die Wand von den Frachträumen hinter der die Bananen lagerten.

Vom Körper bis zur Frachtraumwand waren es nicht mehr als vielleicht 25 cm.

Vom Meereswasser trennten uns lediglich die Stahlplatten der Außenwand von 18mm Stärke. Durch kleine runde Fensterscheiben konnten wir dann die Temperatur ablesen, die im Frachtraum herrschte. 11, 5 Grad Celsius mussten es sein.

Und immer dieses grässliche, laute Heulen der Kältemaschinen!!!Als wir dann nach einigem Steigen wieder das Licht der Welt erblickten, war ich heilfroh und verzichtete dankend auf die Begehung der weiteren Luken.

Anzeichen von eventuellen blinden Passagieren mit langen Schwänzen sah ich Gott sei Dank nicht.

Kapitäne nahe den Göttern

Das Leben an Bord war und ist teilweise heute noch von Hirarchie, Gehorsam und Verantwortung bestimmt.

Lange Zeit war der Kapitän »Master next God« und vielfach Herr über Leben und Tod.

Auch heute noch ist der Kapitän derjenige an Bord, der die Gesamtverantwortung trägt und besondere Befugnisse hat.

Aber wenn er während der Segelschiffszeit selbst mit anpackte und auch am Steuer stand, so hat sich seine Tätigkeit mehr und mehr gewandelt.

Die alte Seefahrerromantik, die man heute nurnoch aus dem Fernsehen kennt, gibt es nicht mehr.

Der Kapitän führt das Schiff selbst nur noch in anspruchsvollen Gebieten per Handruder.

Er nimmt an Bord eine ähnliche Stellung ein wie ein Manager in einem Unternehmen.

Seine Tätigkeiten sind mit mehr oder weniger Schreibarbeiten verbunden.

Er führt Seetagebücher, prüft die Abrechnung diverser Kostenpunkte und wickelt bürokratische Formalitäten mit Hafenbehörden und Frachtlieferanten ab.

Aufgrund immer weiter entwickelten Techniken liegt der Schwerpunkt seiner Tätigkeiten kurz gesagt in seiner Kabine.

Auch etliche Frauen führen heute Schiffe aller Art und Größe mit dem Kapitänspatent auf Großer Fahrt umsichtig, selbstbewusst und wirtschaftlich denkend wie ihre männlichen Kollegen.

Nach dem zweiten Weltkrieg wurden bei unsnoch bis in die 50er Jahre hinein, ältere Kapitäne beschäftigt, die zu den »Kap Horniers Kapitänen« zählten, die mehrfach das gefürchtete Kap der guten Hoffnung an der Spitze Feuerlands mit dem Segelschiff umschifften.

Aus der Zeit nach dem Krieg stammen Erinnerungen, die mir geschildert wurden und Leben annahmen, weil sie mir von noch existierenden

Menschen erzählt wurden und wobei in einigen Fällen der Alkohol mit im Spiel gewesen sein mag.

Es geschah auf einem Bananenschiff unserer Flotte.

Das Schiff war von Santa Marta (Kolumbien) aus auf Heimreise und hatte grad den Hafen verlassen.

Da kam vom Kapitän die laute Ansage »ein Mann zur Aussicht auf die Brücke«

Das war so üblich, um den wachhabenden Offizier im Ausguck zu unterstützen.

Aber das Gelächter der anwesenden Mitglieder wurde laut, als der neue Mann in Sicht kam. Auf dem Kopf trug er nämlich nicht die übliche Wollmütze, sondern ein buntes Gebilde, das sich bei näherer Betrachtung als ein farbig bemalter Zylinderhut outete.

Dieser Hut war vom Bootsmann auf Anweisung vom Kapitän aus Pappe gefertigt worden und von diesem Tag aus sollte jeder Mann beim Ausguck dieses Gebilde tragen.

Da der Kapitän beim Ablegen des Schiffs schon einige Befehle gegeben hatte, die nicht zur

Ausfahrt sondern beim Festmachen des Schiffs angebracht waren und die Reederei von diesem unmöglichen Gebaren Kenntnis erhalten hatte, wurde der Mann in Hamburg abgelöst und zum Ende seines Urlaubs entlassen.

Ein anderer Kapitän von der alten Garde liebte zwei Dinge sehr, nämlich das Dartspiel und den Kinobesuch.
Wenn das Schiff in einem fremden Hafen einlief und von den Behörden einklariert war, lief er schnurstracks von Bord und suchte dasnächstliegende Kino auf und wenn es die Zeit erlaubte, wurden häufig mal zwei oder auch drei weitere Filme in verschiedenen Kinos angesehen.

Mit seiner großen Leidenschaft des Dartspiels wurden wir in Hamburg konfrontiert.
Wir – nämlich wieder einmal die beiden Inspektoren und ich – suchten um 7 Uhr früh das Schiff auf, das nachts in Hamburg eingelaufen war.
Während die Inspektoren in den Kammern vom Kapitän und vom 1. Ingenieur verschwanden,

rief ich nach dem Funker, um mit ihm zusammen das Verteilen der Geldtüten vorzunehmen.

Er erschien nach zweimaligem Ausruf.

Aber wer war das denn????

Unausgeschlafen, ungewaschen und mit rot umrandeten Augenlidern stand er vor mir.

Auf meine Frage ob es ihm nicht gut ginge, kam wohl aus Entschuldigung die Antwort: *»Man oh man, mir geht's echt nicht gut, aber wer soll sich denn wohlfühlen, wenn man vom Kapitän kurznach Einlaufen gegen 4 Uhr morgens zum Dartspiel aufgefordert wird. – Und nach jedem von mir verlorenen Spiel wurde erst einmal ein »Kurzer« genommen.*

Er spielt gut und ich hab oft verloren.«

Mein Verständnis brachte ich durch ein verstecktes Lachen zum Ausdruck und erledigte dann die Auszahlung allein.

Zu sagen hierzu wäre noch, dass auch der Kapitän von seinem Inspektor einen netten Anpfiff erhalten hat.

Üblich und von der Reederei verlangt war es, dass jeder Kapitän und auch seine Offiziere im

Hafen die übliche blaue Uniform zu tragen hätten.

Zum Ausgleich für die Anschaffung wurde ein gesondertes Kleidergeld vergütet.

Nicht immer leicht war das Tragen dieser Uniformstücke im Hafen bei sommerlichen Temperaturen. Deshalb schaute man bei der Ausreise ständig morgens hinauf zur Brücke.

Der »Alte« tauchte auf und ein leises Gemurmel der Offiziere war zu hören.

Man zog sich leise zurück. *Wieder mal blau!!*
Aber dann …

Kurz vor Erreichen der Azoren wieder einmal die fragenden Blicke.

Es folgte ein erlösender Schrei aus Offizierskehlen.

Der »Alte« trat in weiß auf.

Blitzartig verschwanden alle Offiziere.

Die Frage **Warum?** musste nicht beantwortet werden.

Und noch eine kleine Episode aus der rauen Segelschiffszeit, die mir auch einer von den »Oldies« erzählt hat:

Sein Segler übernahm in Rio de Janeiro diverse Waren für Chile.

Es war Weihnachten der 25.12.

Ein Matrose fasste sich den Mut und rief dem Kapitän zu: *»Käpten, hüt is Wiehnachten!«* undpostwendend kam die Antwort *»hol dien Muul Jung, wann Wiehnachten is bestimm immer noch ik!*

Dann ging es rund um Kap Horn und der Kampf mit den Urgewalten der See begann.

Die Brecher schlugen nur so über das Deck und einige Matrosen hatten sich an den Masten festgebunden um nicht von den Wellenbergen hinabgerissen zu werden.

Mitten im Getöse erscholl plötzlich die Stimme des Kapitäns: *»So Lüd ... hüt is Wiehnachten!!!«*

* * *

Zwei alte pensionierte Seebären stehen in Cuxhaven auf dem Anleger ALTE LIEBE und schauen auf das Wasser, wo am Horizont grad die goldene Abendsonne im Meer versinkt.

Ein dritter kommt hinzu und nickt den beiden zu: »Fein, wa???«

Er bleibt ohne Antwort.

Am nächsten Abend treffen sich die beidenAlten wieder.

»Du, « sagt der eine, »dat een segg ik di, wenn de olle Sabbelpott wedder kummt, bliev ik to Huus.«

Vollpension im Kleiderschrank

Auch das gab es:

Als »blinder Passagier« wollte Frau St. versuchen nach Kalifornien zu kommen, um ihren Lieblingsschauspieler Gary Cooper zu sehen.

In Marseille (Südfrankreich) entflammte sie den Zahlmeister-Assistenten Z. der sie in seiner Kammer im Kleiderschrank versteckte. – Nur spätabends oder nachts durfte sie diesen Ort verlassen.

Der Koch erklärte später, er habe sich gewundert, dass vom Abendbrot für die Nachtwache ständig einige Scheiben Brot und Aufschnitt fehlten.

In Kolumbien schaffte der verliebte Assistent dieFrau von Bord, die ihren Ausflug nach Panama fortsetzte.

Kurz vor ihrem Ziel wurde sie wegen gefälschter Papiere verhaftet und zum Schiff zurückgeflogen.

Das Schiff kehrte nach Hamburg zurück aber dort verbot man ihr den Landgang.

In Antwerpen ist sie dann auf »ungeklärte Weise« doch von Bord gekommen und später im Gefängnis gelandet.

Dütt un datt ut Bild un Schapp

1957 MS HORNCAP nimmt in 600 Seemeilen Entfernung noch SOS Signale von der sinkenden »PAMIR« auf.

1967 MS HORNLAND sinkt nach einem Zusammenstoß mit einem französischen Schiff vor Vlardingen westlich von Rotterdam.
Passagiere, Besatzung und fast alle Kühe konnten gerettet werden.**1979** MS HORNGOLF Kapitän Buschhoff nimmt vor Nicaragua 80 politische Flüchtlinge an Bord und bringt sie nach El Salvador.

1985 MS HORNBELT sinkt im dicken Nebel vor der Schleuseneinfahrt Brunsbüttel.
Die Besatzung konnte gerettet werden.

* * *

Das Sterben gehörte schon seit Jahrhunderten
zum Alltag auf See und so mancher Aberglau-
ben war damit weit verbreitet, so zum Beispiel
der Spruch »*Abendrot macht Seemann tot*«.
Hierbei handelt es sich lediglich um ein mete-
orlogisches Phänomen und hat bestimmt nichts
mit den folgenden Vorfällen zu tun.

Unser Schiff lag im Hafen von Cayenne / fran-
zösisch Guayana / Südamerika Wir erhielten die
Nachricht vom Kapitän »2. Offizier M. hat sich
mit einer Leuchtpistole heute das Leben genom-
men.« Ein Abschiedsbrief war nicht vorhanden.
M. war ein relativ junger Offizier, verheiratet in
Deutschland, 1 Kind, Die Ehefrau lebte in ei-
nem kleinen Ort in Mitteldeutschland.
Sie wurde durch einen Pfarrer vom Tod ihres
Gatten verständigt.
Die Reederei war bereit alle Kosten (incl.
Zinksarg) zu übernehmen und den Verstorbenen
nach Deutschland durch unser Schiff heim zu
schaffen.

Die Ehefrau traf am nächsten Tag mit einem guten Bekannten bei uns ein und forderte uns auf dafür zu sorgen, dass ihr Mann in Cayenne beerdigt wird und keine Rückbeförderung erfolgt. Die ebenfalls bei uns erschienenen Eltern des Verstorbenen verlangten jedoch von der Reederei den Rücktransport des Toten, was wir jedoch nach gesetzlichen Bestimmungen ablehnen mussten, weil das Recht auf Seiten der Ehefrau gilt.

* * *

In einem weiteren Fall befindet sich das Schiff auf der Rückfahrt nach Hamburg in Höhe der Azoren.

Es ist heiß und auf den Lukendeckeln haben sich ein paar Seeleute zur Mittagspause niedergelassen und verzehren den Rest von Hähnchenbeinen, die der Koch übrig hatte.

Unter ihnen auch der Jungzimmermann P.

Er isst so, dass das Fett vom Hähnchen den Mund verschmiert.

Ein Matrose will ihn ärgern und meint »*ich würde mir noch mit dem Hühnerbein die Wangen beschmieren*« und lacht dazu.

»*Warum denn nicht?*«meinte darauf der Jungzimmermann und schmierte sich mit dem fetten Hähnchenbein die Wangen ein.

»*man oh man Mensch* »lachte der Matrose, «*machst du immer das was ich sage?*«

»*Ja,* kam die Antwort vom Jungzimmermann.

»*Wenn ich dann sag, spring über Bord, dann springst du über Bord?*« Und auch seine Kameraden lachten.

»*Warum nicht?*«, meinte der Jungzimmermann, ging an die Rehling und sprang über Bord.

Sofort eingeleitete Suchmaßnamen waren vergebens.

* * *

Das MS HORNKOOG hatte den Hafen von Santa Marta / Kolumbien verlassen und befand sich auf der Heimreise nach Hamburg.

An Bord herrschte fröhliches Treiben, denn die Passagiere wollten ein paar Stunden später in das neue Jahr hineinfeiern.

Fröhliche Musik erscholl aus den Lautsprechern und der Sekt perlte in den Gläsern.

Es ging schon bald auf Mitternacht zu.

Die Stewards hatten viel zu tun, um alle Wünsche der Passagiere zu erfüllen.

Der 1. Steward, schick in weißer Jacke, schwarzer gebügelter Hose, weißem Oberhemd mit Fliege gab Obacht, dass seine Kollegen sich den vielen Wünschen der Gäste widmeten.

Kurz vor Mitternacht ging er bei allen Passagieren herum, eine kurze Verbeugung und mit den Worten »*Alles Gute für Sie zum Neuen Jahr*« entfernte er sich. Am nächsten Morgen wurde er vermisst.

Man fand nur noch seine Schuhe, die einsam an der Reling standen.

* * *

Als 1966 der erste Container in Bremen vom
Schiff an Land gebracht wurde, ging eine Jahr-
hundert alte Ära verloren und brachte das AUS
für die Welt der Schifffahrt.

Der Container veränderte alles.

Die Romantik, die bislang von den alten Seg-
lern und Frachtschiffen ausging, war verloren
und musste der Entwicklung der Technik Tribut
zollen.

Mit der Erfindung des Containers wurde eine
wichtige Grundlage für die wirtschaftlichen Be-
ziehungen rund um den Globus gelegt, die man
jetzt Globalisierung nennt.

Die rasante Technik machte es möglich, dass
heute riesige Containerschiffe die Welt umfah-
ren, die bei einer Länge von über 400 m mehr
als 20.000 Container tragen können. Auch das
»Mädchen von Piräus«, das im Lied auf ihren
Matrosen am Hafen wartet, gibt es nicht mehr,
denn ihr Freund hat sich per SMS oder WORD
APPS gemeldet und ihr so mitgeteilt wann sein
Schiff anlegen wird.

Und von der wunderbaren Inselwelt Bora Boras klingt das »Vaya con dios« nur noch für Touristen durch Lautsprecher und am »Weißen Strand von Surabaya« sammeln abends fleißige Hände den Müll und die Plastikbecher, die von Touristen hinterlassen wurden..

Wo bist Du geblieben, liebe Romantik??

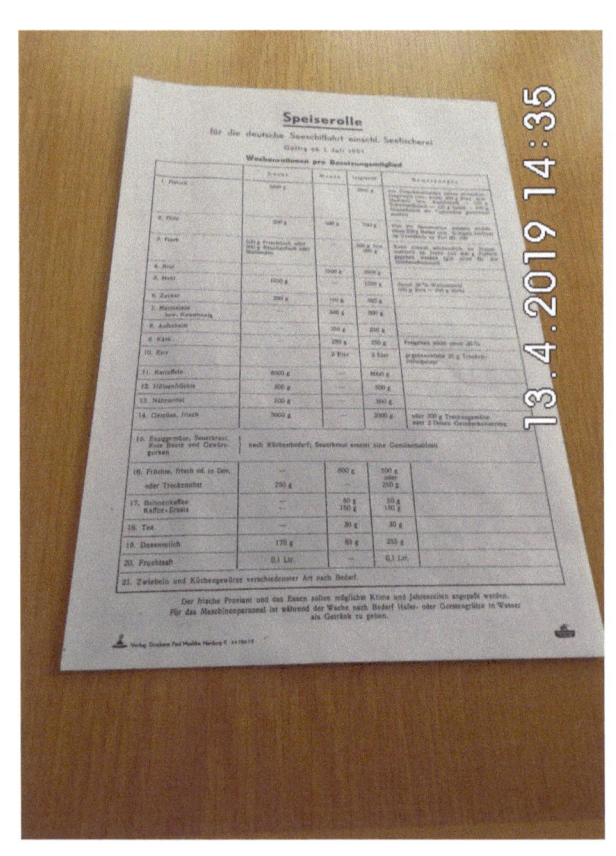

Warum sind alle Schiffe weiblich?

Ein Schiff wird **SIE** genannt,
weil um **SIE** herum immer viel los ist.
SIE braucht eine Menge Farbe,
um ihr ein gutes Aussehen zu bewahren.

Es sind nicht die Anschaffungskosten,
die uns das Genick brechen,
es ist der Unterhalt.

Es braucht einen erfahrenen Mann,
um **SIE** richtig zu führen.

(Wandspruch einer englischen Reederei)

FSC
www.fsc.org

MIX

Papier | Fördert
gute Waldnutzung

FSC® C083411

Zeitfracht Medien GmbH
Ferdinand-Jühlke-Straße 7
99095 Erfurt, Deutschland
produktsicherheit@kolibri360.de